Ya que no pudo ser con Asun, para Asun

I.M.

¿Puede pasarle a cualquiera?

© 2011 del texto: Mar Pavón
© 2011 de las ilustraciones: Sonja Wimmer
© 2011 Cuento de Luz SL
   Calle Claveles 10 | Urb Monteclaro | Pozuelo de Alarcón | 28223 Madrid | España
   www.cuentodeluz.com

ISBN: 978-84-938240-7-5

Impreso en PRC por Shanghai Chenxi Printing Co Ltd,
en abril 2011, tirada número 1186-02

FSC
www.fsc.org
MIXTO
Papel procedente de
fuentes responsables
FSC® C007923

CUENTO
DE LUZ

Mar Pavón

Sonja Wimmer

¿PUEDE pasarle a cualquiera?

Hoy, después de salir de la escuela,
Balzo va con su mamá de compras.
Entran en una tienda de esas donde
los niños no pueden tocar nada.
Pero el tiempo pasa y Balzo se aburre
como una ostra… ¡Y además no hay
ni una silla donde sentarse!
Mamá, en cambio, se lo pasa en grande
tocándolo y manoseándolo todo de lo lindo.

¡No hay derecho!, piensa Balzo. Y, como ya
no puede más, se sienta en el suelo y juega
a que es un gusanito de seda.
El gusanito Balzo decide explorar la tienda
NOSETOCA en busca de aventuras. Por
supuesto, lo hace arrastrándose por el suelo.
¡Si no, el juego no tendría gracia!
Balzo se arrastra hasta el mostrador. Pero,
cuando llega, se da cuenta de que un mostrador
no tiene nada interesante que ofrecer a un
gusanito aventurero como él.

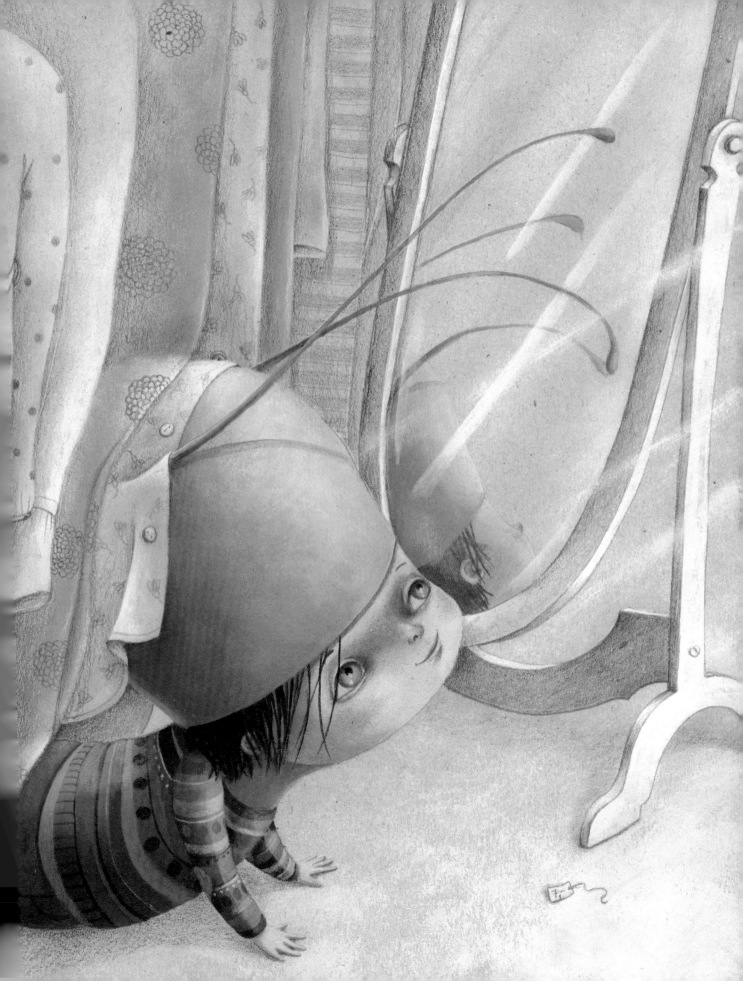

Ahora Balzo se arrastra hacia
una estantería llena de preciosas
figuritas. Cuando llega, observa
maravillado lo que ve:

Un mono comiéndose un coco.
Una sirena con un lazo
anudado en la cola.
Tres payasos jugando al corro.
Una pareja de novios
dándose un beso.
Una mariposa posada
en un señor calvo…

¡Eso es! El gusanito decide que es
hora de transformarse en mariposa.
¿O es que no hacen eso todos los
gusanos de seda que conoce?
Aunque, claro, para ser una mariposa,
antes debe acurrucarse bajo la estantería,
donde nadie lo ve…
¡y encerrarse en un capullo!

Pero Balzo no puede estar encerrado mucho tiempo,
porque mamá, de pronto, lo empieza a llamar:
-¡Balzo, tesoro! ¿Dónde te has metido?
Balzo decide entonces darle una sorpresa a mamá:
¡va a ir hasta ella volando alegremente!
¿No es eso lo que hacen todas las mariposas?

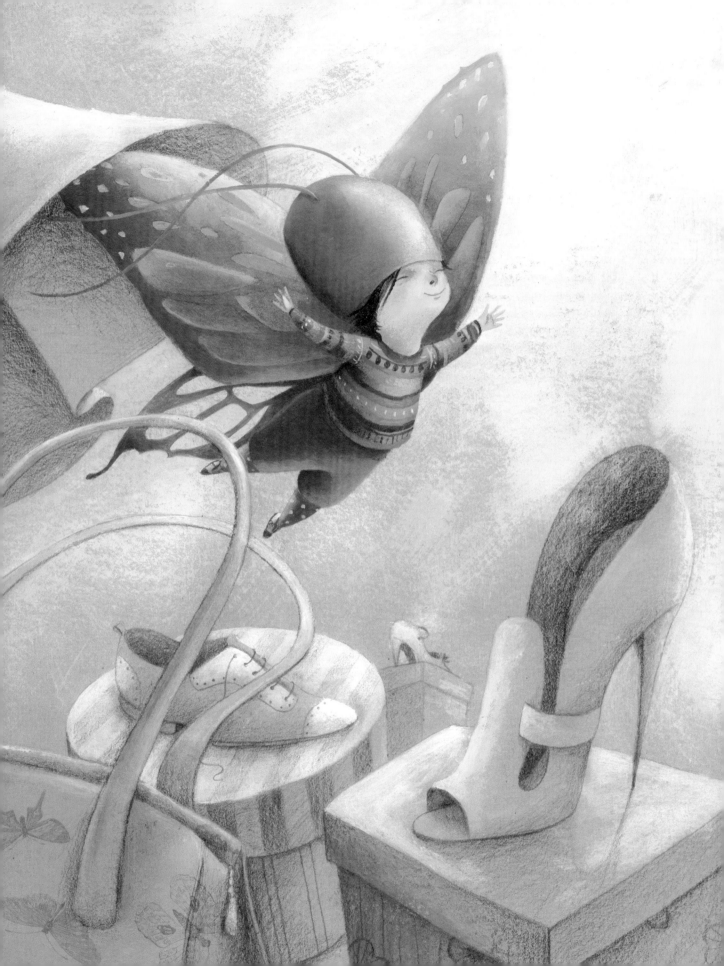

Pero, ¡ay!, cuando intenta ponerse de rodillas para salir del capullo
y volar hacia mamá, no recuerda que tiene una estantería encima…
¡PAAAM!, tras el cabezazo son las figuritas las que salen volando…
y, ¡CRAAASH!, acaban cayendo al suelo con gran estrépito.

Balzo, algo aturdido por el golpe, mira
a su alrededor y… ¡oh, qué desastre!:
¡El mono se quedó sin coco!
¡La sirena, sin lazo!
¡Los payasos, sin corro!
¡Los novios, sin beso!
¡La mariposa, sin calvo!
Balzo es el único que se quedó con algo:
¡un chichón en la cabeza!

Mamá y el vendedor se acercan corriendo y,
cuando ven lo ocurrido, se ponen como ogros.
El vendedor, además, se lleva las manos a la cabeza,
como si él también tuviera un chichón, y ruge:
-¡Pues me va a tener que pagar los daños, señora!
¡Y a ver si enseña a su hijo a no tocar!

Mamá, muy colorada, le responde que sí muchísimas
veces y, entre síes y síes, amenaza a Balzo con la
peor frase que se le puede decir a un niño que
acaba de romper algo sin querer:
-¡YA HABLAREMOS EN CASA!
A todo esto, nadie se preocupa del chichón,
quizá porque aún es un chichón recién
nacido…

Al llegar a casa, mamá, todavía con vozarrón de ogro, riñe a Balzo por tocarlo todo. Y, cuando este le cuenta que no tocó nada, le riñe por ser un mentiroso. Y, cuando Balzo le asegura que dice la verdad más verdadera jamás contada en el mundo, ¡lo llama fantasioso! Solo empieza a creerle un poquito gracias al chichón, que, como todo chichón que se precie, no para de crecer y crecer en su cabeza.

Después de cenar, Balzo está tan cansado y dolorido, que se va derechito a la cama. Mamá, que de ogra ya no tiene nada, le da un besito de buenas noches en la frente, pero, ¡vaya!, olvida besarle el chichón, que, por cierto, ya alcanza el tamaño de un huevo.

Más tarde, es papá quien entra en la habitación de Balzo y lo abraza con ternura, aunque, ¡mecachis!, tampoco él se acuerda de acariciarle el chichón, que, mira por donde, de tan gordo que se ha puesto, ha sido nombrado Rey de los Chichones.

Balzo ya está a punto de cerrar los ojos, cuando,
de repente, escucha un ¡CRAAASH! muy parecido
al que él provocó en la tienda NOSETOCA.

La voz de mamá se lamenta enseguida:
—¡Oh, no! ¡El jarrón chino, hecho pedazos!
¡Se me resbaló de las manos!

A lo que papá contesta:
—¡Qué se le va a hacer! ¡Puede pasarle a cualquiera!
Y su voz no recuerda a la de un ogro; más bien al
contrario: ¡es tan tranquilizadora…!

Balzo, en su cama, no entiende nada. ¿Cómo
que puede pasarle a cualquiera? Y entonces…
¿por qué se han enfadado tanto con él esta tarde?
¡Si ni siquiera tocó las figuritas!
A pesar de todo, se duerme por fin.
Y… ¿os imagináis lo que sueña?

Pues sueña que el mono sin coco, la sirena sin lazo,
los payasos sin corro, los novios sin beso y la mariposa
sin calvo vienen a visitarlo a su casa.

Pero, en lugar de reñirle,
el mono le chilla:
-Por rico que el coco fuera...
¡puede pasarle a cualquiera!

Y le canta la sirena:
-Por lindo que el lazo fuera...
¡puede pasarle a cualquiera!

Y le gritan los payasos:
-Por grato que el corro fuera...
¡puede pasarle a cualquiera!

Y los novios le dicen:
-Por tierno que el beso fuera…
¡puede pasarle a cualquiera!

Y le susurra la mariposa:
-Por suave que el calvo fuera…
¡puede pasarle a cualquiera!

Porque esta, creedme, es la mejor frase que se le
puede decir a alguien (da igual si es niño o adulto)
que acaba de romper algo sin querer.
Y ya, sin perder un minuto, van a la nevera
en busca de cubitos de hielo…

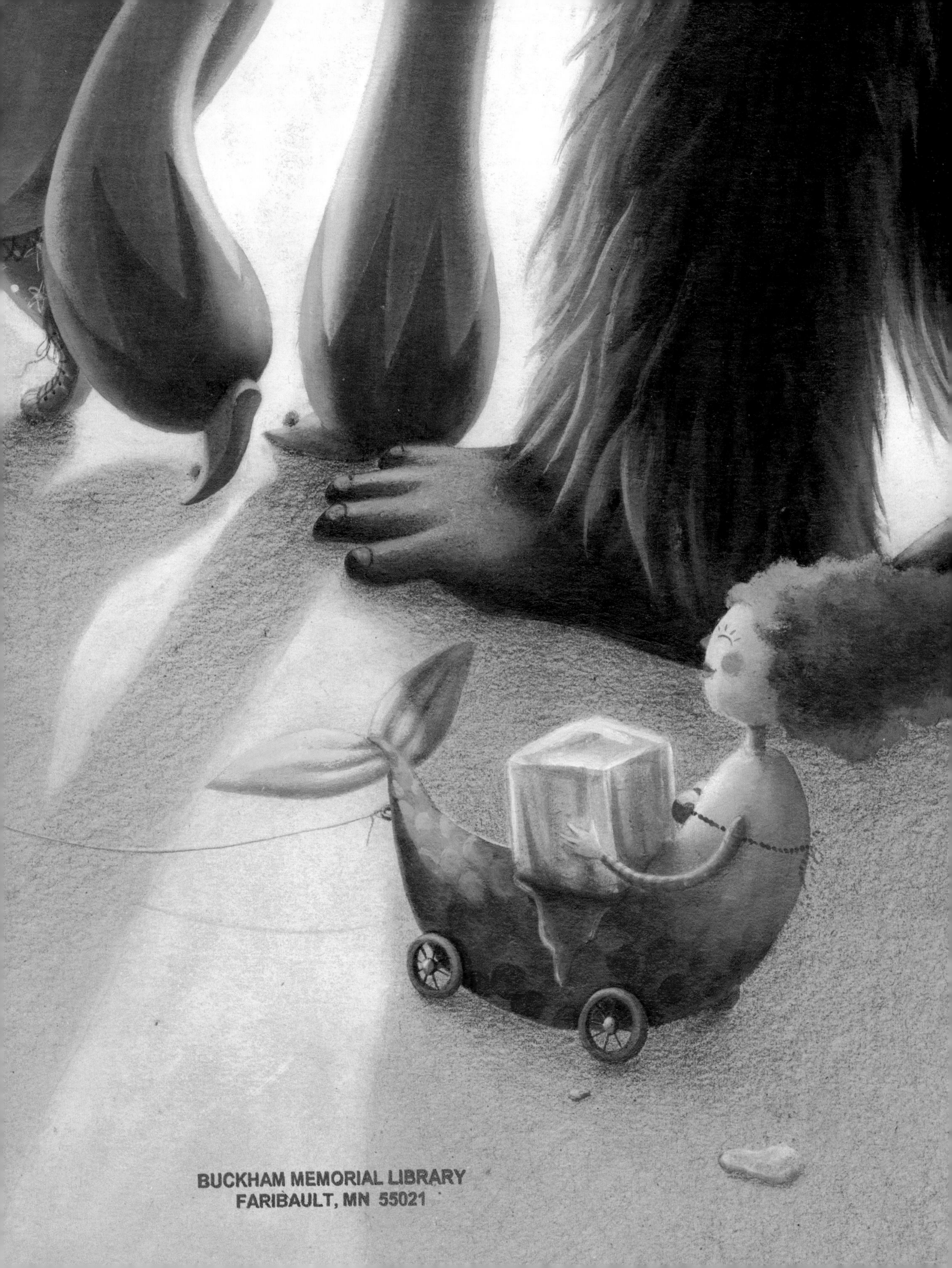

Y se ocupan de lo verdaderamente importante en toda esta historia: ¡CURAR DE UNA VEZ SU DICHOSO (Y ENOOOORME) CHICHÓN!